DISCOURS

PRONONCÉ A LA

SOCIÉTÉ DES ANTIQUAIRES DE FRANCE

DANS LA SÉANCE DU 5 JANVIER 1898

PAR

M. L'Abbé H. THÉDENAT

PRÉSIDENT SORTANT

PARIS

1898

(2)

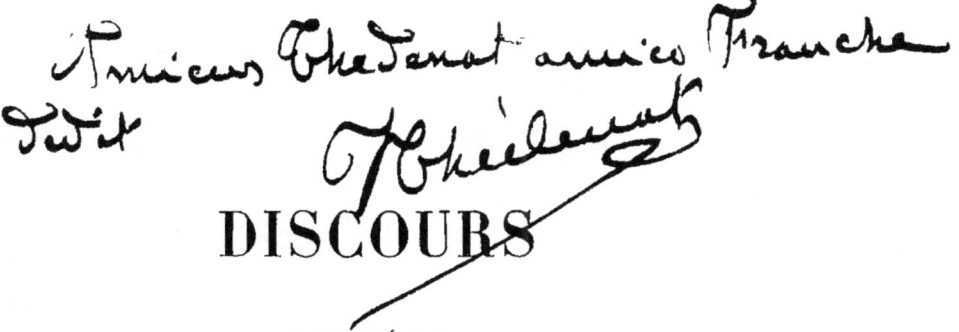

DISCOURS

PRONONCÉ A LA

SOCIÉTÉ DES ANTIQUAIRES DE FRANCE

DANS LA SÉANCE DU 5 JANVIER 1898

PAR

M. L'Abbé H. THÉDENAT

PRÉSIDENT SORTANT

PARIS

1898

DISCOURS

PRONONCÉ

A LA SOCIÉTÉ DES ANTIQUAIRES DE FRANCE

DANS LA SÉANCE DU 5 JANVIER 1898

Par M. l'abbé H. THÉDENAT, président sortant.

Messieurs,

Il y a un an, après vous avoir remerciés de m'avoir appelé à l'honneur de vous présider, songeant aux pertes récentes et cruelles de notre Compagnie, du fond du cœur, j'exprimai le vœu que mon année de présidence fût exempte de deuils. Ma prière n'a pas été exaucée. Il nous faut aujourd'hui reporter sur l'année qui commence les espérances conçues pour celle qui vient de s'achever et rendre à nos chers morts le dernier hommage après lequel, autour de leur nom, se fera le silence, mais non l'oubli.

Nous avons perdu : un membre honoraire, M. Edmond Le Blant; un membre résidant, M. Albert Lecoy de la Marche; un correspondant étranger honoraire, Sir Augustus-Wollaston Franks; six associés correspondants nationaux : Monseigneur Chrétien Dehaisnes, MM. Étienne Parrocel, Bélisaire Ledain, docteur Bougard, Alphonse Buhot de Kersers, Henry Caffiaux.

Edmond Le Blant naquit à Paris le 12 août 1818. Ses études terminées, il fit son droit. Sa vocation scientifique ne s'était pas encore éveillée, mais les études de droit ne répondaient pas à toutes les aspirations de son intelligence. Aussi, en même temps que les cours de l'École, il fréquentait ceux de la Sorbonne et de la Bibliothèque nationale. Reçu licencié en droit, après quelques hésitations, il entra, peut-être en soupirant un peu, au Ministère des Finances. Pas plus que Cujas, en effet, les en-têtes imprimées des paperasses officielles, les rapports et les bordereaux financiers ne devaient satisfaire ses goûts et son esprit. Heureusement, en ce temps-là, disent les mauvaises langues, on avait beaucoup de loisirs dans les ministères, et, pendant les temps de loisir, on causait. Parmi ses nouveaux collègues, Edmond Le Blant avait rencontré Albert Jacquemard. Le rapprochement fut rapide entre ces deux esprits actifs et curieux, et, de leurs entretiens sous le paisible abri du Ministère des Finances, naquit un jour l'*Histoire artistique, industrielle et commerciale de la porcelaine*. En ce temps-là, il semblait qu'Edmond Le Blant fût destiné à être un critique d'art, car il écrivait aussi des articles sur la musique.

Ce fut à Rome que, comme tant d'autres, il trouva sa voie, et il eut la bonne fortune d'y aller jeune. C'était en 1846, il avait alors vingt-huit ans. Il visita le Musée Kirkher avec le P. Garrucci; G.-B. de Rossi, alors à l'aube de sa gloire, erra avec lui dans les églises de Rome, lui montra le Musée chrétien du Vatican, les Catacombes; il l'entretint de ses vastes projets; de son dessein de reprendre, avec un plan nouveau, l'œuvre de Bosio interrompue depuis deux siècles; du recueil qu'il méditait des inscriptions chrétiennes de Rome.

Edmond Le Blant revint à Paris bien décidé à faire le recueil des inscriptions chrétiennes de la Gaule.

Il avait trouvé sa route et ne devait plus s'en écarter; aussitôt il se mit à l'œuvre. La tâche était difficile. Les pierres antiques avaient été, depuis des siècles, brisées ou dispersées par les secousses qui avaient ébranlé le sol français; aucune main pieuse n'en avait, comme aujourd'hui, recueilli, dans de nombreux musées, les débris épars; le voyageur archéologue n'avait pas, pour se mettre à leur recherche, les données premières qui abondent aujourd'hui. Les pierres, les pierres chrétiennes surtout, étaient partout et elles n'étaient nulle part. Cependant, dès l'année 1852, Edmond Le Blant présentait à l'Académie des inscriptions un premier essai qui lui valut la première médaille au concours des antiquités nationales. Quatre ans plus tard, en 1856, paraissait le premier volume des *Inscriptions chrétiennes de la Gaule;* le second, publié en 1865, ouvrait à l'auteur les portes de l'Institut : il y entra en 1867. En 1892, un volume complémentaire s'ajoutait aux deux premiers.

Mieux que celles des autres pays, les inscriptions chrétiennes de la Gaule nous renseignent sur la foi, les espérances et les vertus de nos pères. Les sculptures aussi, notamment celles des sarcophages chrétiens, ne sont pas moins instructives. Edmond Le Blant eut le mérite d'introduire dans leur étude une critique sûre et pénétrante; avec une très grande netteté, il sut faire la part de ce qu'elles avaient conservé des anciennes traditions, même païennes, et de ce qu'elles devaient aux influences chrétiennes; et de ces dernières il repoussa, avec une sage énergie, les intentions de symbolisme à outrance qu'en ce temps-là on attribuait à ceux qui avaient sculpté ces pierres.

« Ses travaux sur les inscriptions chrétiennes l'avaient conduit à dépouiller les textes des liturgies funéraires dont les formules se retrouvent souvent sur les marbres gravés; parmi ces invocations, il voyait revenir aussi la mémoire des personnages bibliques dont les figures sont le principal décor des sarcophages. Dans l'antique prière des agonisants conservée au Bréviaire romain, l'Église invoque le Christ pour le fidèle au nom de Noé, d'Isaac, de Moïse, de Daniel, de Suzanne, de David, des saints Pierre et Paul; et les termes eux-mêmes de la liturgie sont un perpétuel commentaire des figures sculptées sur les sarcophages. Ainsi, le décor de la tombe traduit aux yeux la prière dont les survivants accompagnent l'âme du défunt[1]. »

Tels sont les principes sur lesquels Edmond Le Blant appuie l'explication des scènes figurées sur les sarcophages.

1. Pératé, *Rev. arch.,* 1897, t. XXXI, p. 4 et suiv.

L'*Étude sur les sarcophages chrétiens antiques d'Arles* parut en 1878, et, en 1886, le *Recueil des sarcophages chrétiens de la Gaule*.

Pour approfondir l'archéologie chrétienne de la Gaule, il fallait connaître l'église primitive, les conditions dans lesquelles elle s'est développée. De là, toute une série de mémoires parus à de longs intervalles, puis réunis en un volume. Ils ont trait aux martyrs, à leurs juges, à la procédure suivie, aux supplices, à différents usages des premiers temps. Ces travaux amenèrent Edmond Le Blant à essayer de reviser quelques actes des martyrs dans l'espoir de retrouver, sous les interpolations successives dont ces documents ont été l'objet, ce qui est ancien et sincère. Travail délicat, où l'appréciation personnelle a une large part sans qu'il soit souvent possible de faire bien nettement, pour les autres, la preuve de ce que l'on a trouvé.

Dans le *Manuel d'épigraphie chrétienne*, qui a pour point de départ la préface du second volume du recueil des inscriptions, l'auteur donne la synthèse de ses observations personnelles, pratiquement mises à la portée des travailleurs. Ce manuel se complète par l'opuscule intitulé *L'épigraphie chrétienne en Gaule et dans l'Afrique romaine*, publié en 1890 dans le recueil des instructions adressées par le *Comité des travaux historiques* aux correspondants du Ministère de l'Instruction publique.

De 1883 à 1888, pendant un interrègne de M. Geffroy, Edmond Le Blant dirigea l'École française de Rome. Vous savez tous quelle impulsion il donna à la publication des Régestes pontificaux et combien sage fut sa direction des *Mélanges de l'École française*. A Rome comme à Paris, il fut homme d'étude. Il sortait surtout pour rechercher les antiquités, recueillir les nouvelles archéologiques, assister aux séances des académies et sociétés savantes de Rome, aux travaux desquelles il participait volontiers; c'est ainsi qu'il donna à l'Académie des *Lincei* un mémoire sur *Les voies d'exception contre les martyrs*[1]. Chaque semaine, il envoyait

1. *Memorie delle classe di scienze morali, etc.*, t. XIII, 1884, p. 145.

à l'Académie des Inscriptions le résumé de ce qu'il avait vu, appris ou entendu.

Edmond Le Blant était de caractère simple et modeste; il n'aimait pas se mettre en avant. Sa grande réserve fut parfois prise pour de la froideur. Au fond, il était très bon. Laissez-moi, à ce sujet, vous raconter une anecdote personnelle.

Une fois, dans un compte-rendu du *Bulletin critique*, j'avais eu la griffe un peu acérée. Edmond Le Blant, qui connaissait l'auteur que j'avais cru devoir présenter aux très peu nombreux lecteurs des revues critiques, vint me trouver. Avec une grande simplicité, il m'exprima son profond étonnement de voir un bon chrétien, un prêtre, contrister sciemment son prochain.

Et moi j'invoquais les franchises de la critique; j'essayais de démontrer qu'un prêtre qui travaille a, tout comme un autre, le droit d'en faire, et que, pour la faire bonne et juste, il ne doit pas mettre systématiquement de l'eau bénite dans son encrier. Je me défendais toutefois d'une voix légèrement étranglée, un peu confus d'entendre la charité chrétienne m'être si bien prêchée par un laïque. — Mais, après tout, c'était un si bon laïque! Et je dois avouer que si, ce jour-là, Edmond Le Blant ne m'a pas entièrement convaincu, — j'allais dire converti, — je l'aimais davantage pour le petit sermon qu'il m'avait fait.

Edmond Le Blant entra dans notre Société le 3 mars 1859. Cette même année, il fut élu secrétaire pour l'année 1860. Premier vice-président en 1869 et 1870, il ne se laissa pas élire président. Il fut promu à l'honorariat le 14 février 1883.

La part qu'il prit à nos travaux fut considérable : il donna à nos publications une dizaine de mémoires et une cinquantaine de communications. Ses mémoires sont dans l'ordre habituel de ses travaux : *L'accusation de magie portée contre les premiers chrétiens. — Les lampes égyptiennes en forme de grenouilles. — Les inscriptions portant la formule : hic christus est.* Dans ses communications, quelquefois aussi il étudie des questions particulières : *Les Ori-*

*gines du christianisme à Trèves. — Les représentations de
Daniel dans la fosse aux lions. — Les inscriptions accompa-
gnant le vase de sang. — Sur certaines formes du mono-
gramme Constantinien.* Plus souvent il nous communiquait
des inscriptions nouvelles et des monuments inédits : objets
de culte, vêtements sacerdotaux, anneaux historiques ou
gravés, cachets, fibules avec des noms, croix funéraires avec
inscriptions grecques, autels, sarcophages..., etc. Mais, ce
qu'on ignore un peu, c'est qu'Edmond Le Blant ne se ren-
fermait pas dans sa spécialité. Il était trop fin archéologue
et trop exercé pour négliger aucun des monuments antiques
dignes d'intérêt qui tombaient entre ses mains. Ses communications sur des sujets profanes sont aussi nombreuses que
les communications sur des sujets chrétiens : Inscriptions
d'Aix et de Lyon, plombs antiques, têtes romaines trouvées
au Puy-de-Dôme, bas-relief d'Espagne représentant des
mineurs; il nous faisait même des communications philo-
logiques : *Une déclinaison oubliée au VI⁰ siècle. — Étude sur
les noms propres à l'époque mérovingienne.* Plus d'une fois
même, infidèle à l'antiquité, il aborda des sujets plus
récents : *Une chanson hollandaise sur la mort du maréchal
d'Ancre. — Des colliers de faïence du XVI⁰ siècle avec inscriptions galantes;* une tête en marbre du cardinal de Riche-
lieu qu'il avait trouvée à Rome chez un des nombreux mar-
chands d'antiquités de la *Via Babuino.*

Vous voyez, Messieurs, que son érudition était étendue
et que la souplesse de son esprit s'adaptait à tous les sujets.
Ses communications sont généralement courtes, d'une érudition très sûre, d'une netteté et d'une précision remarquables.

Élu membre de l'Institut, il n'en continua pas moins à
être assidu aux séances de la Société qui, presqu'à son début,
lui avait ouvert le premier asile scientifique. Toujours vif et
alerte, il gravissait lestement nos hauts escaliers; pas plus
que son corps, son esprit ne sentait l'affaiblissement des
années. Aucun de nous, l'été dernier, ne l'eût cru marqué
pour une mort prochaine.

Si, voyant la mort venir, il jeta un regard en arrière sur

sa vie, il retrouva, même dans ses travaux de chaque jour, les pensées chrétiennes qui devaient le soutenir à ses derniers moments. Il eut le droit aussi d'être fier de l'œuvre accomplie : il avait trouvé sa voie et l'avait suivie avec une rare persévérance en pays nouveau et sur un sol vierge. En 1846, il s'était mis à l'œuvre sans aucun aide sérieux de travaux antérieurs. Cinquante ans plus tard, en mourant, il laissait des recueils de monuments, un manuel, des mémoires érudits, une méthode, une science : il avait créé l'archéologie chrétienne en France.

Albert Lecoy de la Marche eut de brillants débuts. Sorti le second de l'École des chartes en 1860, il obtint, le 28 janvier 1861, le diplôme d'archiviste-paléographe. Sa thèse sur *L'autorité historique de Grégoire de Tours* fut très contestée; elle l'est moins aujourd'hui. Toutefois, elle attira l'attention sur ce jeune archiviste qui, dès son premier travail, affirmait des idées très personnelles.

Il fut envoyé à Annecy comme premier archiviste de la Haute-Savoie, récemment annexée à la France, avec la mission délicate d'organiser ces archives et de poursuivre la réintégration de documents dispersés. Trois ans plus tard, appelé aux archives impériales par M. de Laborde, il entra dans la section administrative et fut chargé de la rédaction de l'inventaire de la maison d'Anjou. La direction générale des archives lui confiait, en 1871, la suite de la publication de l'inventaire des titres de la maison ducale de Bourbon, dont Huillard-Bréholles avait rédigé le premier volume. Lecoy de la Marche achevait le second en 1874; en même temps, il publiait les extraits des comptes et mémoriaux du roi René pour servir à l'histoire des arts au XVe siècle. Entré dans la section historique en 1882, il analysa les fonds de l'abbaye de Savigny et fut attaché au dépouillement du supplément du trésor; dix ans plus tard, il était nommé sous-chef de la même section.

Telle est, dans ses grandes lignes, l'œuvre professionnelle de Lecoy de la Marche. Ses travaux personnels ne forment pas un ensemble moins considérable.

Il tira de ses archives ses deux meilleurs travaux d'histoire :

La chaire française au moyen âge, sujet mis au concours en 1868 par l'Académie des Inscriptions et Belles-Lettres, qui décerna le prix à notre futur confrère.

Le roi René, sa vie, son administration artistique et littéraire, ouvrage qui, en 1876, obtint le prix Gobert. Plus tard, en 1881, devait paraître *Saint-Martin*, et, en 1892, *Les relations politiques de la France avec l'île Majorque*.

Parmi les éditeurs d'anciens textes français, Lecoy de la Marche occupa aussi un rang des plus honorables. On lui doit : *Les comptes et péages de Sens ;* l'édition des *Œuvres de Suger ; Les anecdotes historiques d'Étienne de Bourbon ;* une *Vie de Jésus-Christ* composée au XVᵉ siècle d'après Ludolphe le Chartreux et enfin *Le mystère de Menthon.*

En se livrant à ses professionnels dépouillements d'archives, il recueillait avec un soin particulier les documents relatifs à l'histoire de l'art. En 1874, il publia une étude sur *L'Académie de France à Rome* d'après la correspondance de ses directeurs; en 1864, *Les manuscrits et la miniature ;* en 1889, *Les sceaux*, puis *Le XIIIᵉ siècle artistique ;* en 1890, *L'art d'enluminer ;* en 1892, *La peinture religieuse.*

Lecoy de la Marche fut élu membre résidant de notre Société le 6 mai 1885, à la place de M. Michelin, promu à l'honorariat. Dans les quelques paroles que j'ai, en votre nom, prononcées sur sa tombe, j'ai indiqué la part qu'il a prise à nos travaux. Je n'y reviendrai pas ici. Une vie très occupée, puis, pendant les dernières années, l'affaiblissement de sa santé ne lui permirent pas d'être à nos séances aussi assidu qu'il l'aurait désiré.

Le 22 février dernier, une mort soudaine, mais non imprévue, mit fin à cette vie austère, dont les deux dernières années n'avaient été qu'une longue agonie.

Lecoy de la Marche fut un laborieux obstiné. Il demandait au travail l'oubli des peines et aussi le moyen de subvenir aux nécessités de l'existence. Si, avec une vie facile, il avait eu toute la liberté d'esprit nécessaire pour suivre, sans autre préoccupation que celle de bien faire, les œuvres commencées, sa carrière scientifique eût été, non pas plus féconde, mais peut-être plus glorieuse et sa vie plus longue. On lui a quelquefois reproché d'avoir produit des œuvres de vulgarisation un peu hâtives : il y fut contraint par des motifs dignes de toute notre sympathie et de tous nos respects. Aux adversités, il opposa une fermeté douce et silencieuse qu'on pourrait appeler stoïque si elle n'avait été puisée aux sources les plus profondes de la résignation chrétienne.

Si la vie ne fut pas toujours clémente pour notre regretté confrère, il reçut du moins de la Providence le don rare et précieux d'un fidèle ami. Les mêmes études, la même fermeté inébranlable dans leurs croyances religieuses, une cohabitation de plus de trente ans au palais des Archives, tout avait contribué à les rapprocher. Ce fut, pour Lecoy de la Marche, l'ami de la jeunesse et de l'âge mûr; ce fut l'ami des jours heureux; ce fut aussi et surtout l'ami des mauvais jours, car, plus que tout autre, ce dernier rôle convenait au cœur chaud et à la grande âme de Léon Gautier.

Le soir de la dernière journée qu'il passa au palais des Archives, Lecoy de la Marche, qui ne devait pas voir se lever ici-bas l'aurore du lendemain, était si fatigué que son ami le prit par le bras et le reconduisit jusqu'à sa demeure, symbolisant ainsi, sans s'en douter, par cette dernière assistance, l'appui moral qu'il lui avait prodigué pendant toute sa vie. Puis, quand notre confrère fut descendu dans la tombe, après que le garde général des Archives, le président de la Société de l'École des chartes et votre président lui eurent fait les derniers adieux, Léon Gautier vint, sur le bord du caveau, une fois encore, saluer son ami. Bientôt, s'élevant à ces hautes pensées chrétiennes qui lui étaient familières, il lui dit, non adieu, mais au revoir. « Pour nous aussi, « disait-il, — et ce sont ses propres paroles, — pour nous « aussi, le jour baisse, l'ombre descend, *advesperascit;* il « faut penser à la mort, il faut nous y préparer. » Et nous tous qui écoutions avec une profonde émotion ces paroles improvisées où rien n'apparaissait des formules habituelles aux discours funéraires, nous étions loin de nous douter que, si prochainement, la mort dût réunir les deux amis

sur cette autre rive qu'ensemble ils avaient souvent entre-
vue de loin, non pas sombre et glacée, mais resplendissante
sous le radieux soleil de leur foi.

Sir Augustus-Wollaston Franks naquit à Gênes le
26 mars 1826. Ses parents, qui passaient tous les hivers à
Gênes ou à Rome, lui apprirent, en même temps que sa
langue maternelle et aussi bien, l'italien et le français. Il
fit ses études à Eton d'abord, puis à Trinity college. Il était
encore écolier que déjà on remarquait son goût pour l'archéologie du moyen âge; à l'âge de vingt-trois ans, il publia son
premier mémoire (*Ornamental Glazing Quarries*), dont beaucoup d'illustrations étaient de sa main. Il écrivit ensuite un
traité sur *L'art du verre d'après les chefs-d'œuvre exposés à
Manchester*. Il collabora aux *Horae Ferales* de Gramble, et
c'est là que, le premier, il exposa la théorie d'un âge de fer
correspondant à un état de la civilisation.

Les études préhistoriques avaient pour lui beaucoup d'attrait; il assista Christy dans l'exploration des cavernes de la
Dordogne; Christy en mourant lui laissa ses belles collec-
tions ethnologiques, et Franks, après les avoir augmentées
encore, les donna au Musée britannique.

A la suite de la part qu'il prit à l'organisation de l'ex-
position du moyen âge que la Société des arts fit à Londres,
en 1850, Franks entra au Musée britannique. Quelques
années plus tard, quand le Musée des antiques fut divisé
en quatre départements, Franks fut nommé conservateur
de celui du moyen âge et de l'ethnographie.

Il fut la providence de son département et de tout le
musée; il lui faisait fréquemment des dons de valeur. Entre
autres, il avait formé une superbe collection de poteries, de
majoliques italiennes et de porcelaines chinoises et japo-
naises, dont le catalogue équivaut à un traité; il la donna
au musée. Il avait une grâce spéciale pour attirer les dons
et les legs. Quand les dons ne venaient pas ou quand l'ar-
gent manquait pour l'achat d'une pièce considérable, il pro-
voquait une souscription publique. C'est ainsi qu'il put réunir 200 000 francs pour acquérir la belle coupe d'or émaillé

de la collection Pichon. Par son testament, il légua au Musée britannique sa collection d'orfèvreries, d'anneaux, de coupes et autres objets, estimée plus de 600 000 francs.

On lui doit, outre les ouvrages cités, un mémoire *Sur des umbo de boucliers trouvés dans le Cumberland;* un autre mémoire sur des *Fouilles et découvertes récentes à Carthage* (1861); l'*Illustration par les médailles de l'histoire d'Angleterre et d'Irlande.*

En 1853, il entra dans la Société des Antiquaires de Londres, qui publia ses nombreux travaux dans ses *Proceedings* et dans l'*Archaeologia;* il en fut directeur pendant vingt ans et lui fit une situation financière enviable. En 1892, ses confrères l'élurent président. Il était, depuis 1874, membre de la Royal Society et de nombreux corps savants.

Pendant un voyage qu'il fit à Paris, en 1861, il était venu assister à une de nos séances et nous avait fait une communication sur des antiquités bretonnes. Reconnaissante, notre Société le nomma correspondant étranger; trente-deux ans plus tard, quand nous avons créé les correspondants étrangers honoraires, il fut le premier élu.

Son savoir, sa courtoisie, sa grande générosité lui avaient conquis, à un très haut degré, l'estime et les sympathies dans son pays et à l'étranger. En France, il comptait de nombreux amis.

Chrétien Dehaisnes naquit en novembre 1825, d'une bonne et ancienne famille du Nord. Pendant ses études, qu'il acheva au petit séminaire de Cambrai, il se fit remarquer par son goût pour l'histoire.

En 1847, il fut attaché à l'enseignement et professa au collège d'Auchy et à l'institution Saint-Jean, à Douai, où il entra en 1853.

L'année précédente, n'étant encore que diacre, il avait publié son premier travail sous un nom emprunté : *Les Maronites d'après le manuscrit arabe du P. Azar.* Le but de cet opuscule était de seconder le courant d'opinion que l'on voulait, en ce moment, établir en faveur des Maronites, peuples catholiques du Liban, et par là même, de plein droit, clients de la France.

En 1857, la Société d'agriculture, sciences et arts de Douai mit au concours le sujet suivant : *Mémoire sur l'origine, le progrès et la décadence des abbayes situées dans l'arrondissement de Douai*. L'abbé Dehaisnes concourut et obtint le prix. En même temps, dans un concours littéraire, il était couronné pour un poème sur les gloires de la ville de Douai ; ajoutons que le poème était accompagné de notes historiques savantes. D'ailleurs, l'abbé Dehaisnes faisait des vers et ne s'en cachait pas. Déjà, en 1852, un poème sur Notre-Dame de Grâce lui avait valu une médaille d'or. Élève de rhétorique, il avait été chargé de faire le discours d'usage à la distribution des prix ; il répondit à cette marque de confiance en lisant un poème de 900 vers, qui, dit-on, ne parut pas trop long. Le recueil de ses poésies imprimées ou inédites formerait certainement un gros volume. Il composa aussi des tragédies et des drames qui furent joués avec grand succès sur des scènes de collèges et de cercles d'ouvriers.

La Société, qui venait de le couronner deux fois, ne pouvait que l'admettre dans son sein ; il y entra.

Depuis cette année 1857 jusqu'à l'année 1869, il publia de nombreux travaux dans les recueils de cette Société. Je n'en citerai qu'un, intitulé *Mémoire sur l'art chrétien en Flandre, la peinture* et qui parut en 1860. C'était l'année même où l'abbé Dehaisnes formait le projet de composer son grand ouvrage sur l'art flamand ; ce mémoire en fut comme les prémisses. D'ailleurs, pendant les vingt-cinq années qui s'écoulèrent encore avant la publication de cet ouvrage, le plus grand nombre des travaux de l'abbé Dehaisnes s'y rapportent et en sont comme des feuillets détachés. Il ne se contente pas, comme préparation éloignée, de dépouiller des livres et des documents d'archives. Il emploie toutes ses vacances à voyager, s'arrêtant partout où dans une église, un Musée, une galerie ou une collection, il espère trouver une œuvre des artistes dont il veut écrire l'histoire : il visite Rome et l'Italie, le midi de la France, la Bourgogne, « cette seconde patrie de l'art flamand », la Belgique, la Hollande, les bords du Rhin, certaines parties de l'Allemagne.

Ses travaux, ses longues séances à la bibliothèque et aux archives de Douai le font remarquer, et, en octobre 1860, le maire lui donne la place de bibliothécaire adjoint avec charge spéciale des manuscrits et des médailles.

En 1863, on lui confie les archives communales, et il publie une *Notice sur la bibliothèque de Douai* et une *Notice sur les archives communales*. Tout était à faire pour le classement des archives. Il emploie deux ans à classer les archives postérieures à 1790 et à en achever l'inventaire. Il classe ensuite les archives antérieures à 1790 dans l'ordre indiqué par la circulaire du 25 août 1857, en ajoutant toutefois des indications qui permettent de recourir, pour chaque pièce, au travail de M. Guilmot. En 1866, M. de Rozière, juge sévère et d'une haute compétence, donna toute son approbation au classement du nouvel archiviste; il se lia même avec lui d'une amitié qui dura jusqu'à sa mort.

Quelque absorbants que fussent ces travaux professionnels, l'abbé Dehaisnes, grâce à sa grande facilité pour le travail, utilisa, sous forme de mémoires publiés dans divers recueils, des documents empruntés aux archives dont il avait la garde. Il n'en rédigeait pas moins le *Catalogue des manuscrits de la bibliothèque de Douai* et l'*Inventaire sommaire des archives communales*.

En 1871, à la mort de Desplanques, l'abbé Dehaisnes fut nommé archiviste départemental du Nord ; il avait entre les mains les archives de France les plus considérables après les grands dépôts de Paris.

Il trouva le premier volume de l'inventaire rédigé d'après la circulaire du 20 janvier 1854 ; il le refondit. Dès 1872, il publiait le second volume, contenant l'analyse des cartulaires et les registres des chartes; le troisième volume, comprenant les registres de l'audience, paraissait en 1877, et, en 1881, le quatrième volume, commençant la recette des finances. En même temps, et comme complément à ces volumes, paraissaient des monographies sur les diverses sections des archives.

Comme archiviste départemental, M. Dehaisnes avait la

surveillance des archives des communes et des établissements hospitaliers du département. Il y mit un grand zèle. Il obtint souvent des inventaires précédés d'une notice sur la localité d'après les documents contenus dans l'inventaire ; parfois même, il décida la commune à faire les frais de l'impression. Pour aider à ce travail d'ensemble et publier des documents inédits, il avait formé le projet de fonder une *Revue des archives générales du Nord*.

En 1875, l'abbé Dehaisnes avait prêté un concours actif à la fondation de l'institut catholique de Lille ; en 1882, l'archevêque de Cambrai lui demanda de s'y consacrer tout entier. Ce n'était pas un ordre formel, mais seulement une prière ; l'obéissance n'en fut que plus méritoire. Voici d'ailleurs comment l'abbé Dehaisnes s'en explique dans la lettre qu'il écrivit au préfet du Nord : « J'ai beaucoup hésité avant « de prendre une détermination ; il m'est pénible de quitter « des fonctions honorables, en complet accord avec mes « goûts et mes travaux, et dans l'exercice desquelles je crois « avoir rendu des services et pouvoir en rendre encore. Mais « l'autorité que doivent exercer sur la conscience d'un prêtre « ceux qui me font cet appel l'a emporté sur mes goûts et « mes intérêts personnels. J'ai pris la résolution de quitter « le service des archives et de vous présenter ma démission. »

Sans me permettre de juger les actes de la haute autorité qui intervint alors, j'avoue ne pouvoir m'empêcher de regretter, non pas que l'abbé Dehaisnes ait donné ce bel exemple d'obéissance, mais qu'on ait cru devoir le lui demander. Cette même année, nous l'avions élu correspondant de notre Société.

Il se retira des archives du Nord à la fin du mois d'octobre ; il fut nommé archiviste honoraire et membre de la Commission de surveillance des archives départementales et communales du Nord. L'autorité ecclésiastique aussi le récompensa : en 1877, il avait été fait chanoine de la cathédrale de Cambrai, et, en 1887, Léon XIII devait lui donner le titre et les insignes de prélat de sa maison.

Il appartenait à un certain nombre de Sociétés savantes dont plusieurs l'élurent président. Les recueils de ces Sociétés, des revues d'histoire d'art et d'archéologie, les comptes-rendus des congrès des Sociétés savantes à la Sorbonne contiennent ses nombreux travaux. Je renonce à en énumérer ici les titres ; d'ailleurs, sa bibliographie très complète se trouve à la fin d'un volume qui lui est consacré sous le titre trop modeste d'*Esquisse biographique ;* c'est un monument élevé à la mémoire de Mgr Dehaisnes par un autre savant, qui fut son collaborateur et son ami, l'abbé Th. Leuridan.

Comme nous l'avons dit plus haut, le plus grand nombre de ces mémoires sont des pages de son *Histoire de l'art dans la Flandre, l'Artois et le Hainaut avant le XV⁶ siècle.* Cet ouvrage, fruit de vingt-cinq ans de travail et de recherches dans tous les pays, parut en 1886 en trois gros volumes in-4°. Les deux premiers comprennent les documents, c'est-à-dire plus de cinquante mille mentions contenant les renseignements les plus divers. Le troisième volume est consacré à l'histoire proprement dite, divisée en deux parties : de l'invasion des barbares aux Croisades et des Croisades au xv⁶ siècle. Des tables considérables et un glossaire terminent ce volume. De cet ouvrage on ne peut séparer *La vie et l'œuvre de Jean Bellegambe,* fragment d'un second ouvrage en préparation, qui devait faire suite au premier : *L'art flamand de la fin du XIV⁶ siècle au XVI⁶.*

C'est sous les auspices de la *Commission historique du département du Nord,* dont il fut président, que Mgr Dehaisnes publia cet ouvrage. Il en fit paraître un autre sous les mêmes auspices, l'année de sa mort : *Le nord artistique et monumental.* Ce grand volume in-4°, orné de cent phototypies, fut presque épuisé dès le lendemain de son apparition.

Les condisciples de Mgr Dehaisnes, qui l'ont connu dans sa première jeunesse, lui ont rendu le témoignage qu'il était franc, ouvert, affable, d'une extrême complaisance et d'une grande modestie. Tel il fut toute sa vie ; les honneurs, qu'il ne sollicita jamais, que plusieurs fois il refusa, ne le changèrent pas ; il resta toujours le même, fidèle à la devise de ses armes : *Toute ma vye Dehaisnes seray.*

Étienne Parrocel, membre de l'Académie de Marseille,

2

fut élu correspondant de notre Société le 7 avril 1868. Il appartenait à cette famille qui, pendant le XVIIe et le XVIIIe siècle, donna à la France une dynastie de peintres de mérite. Le premier du nom naquit en 1600; le septième et dernier mourut en 1781, laissant trois filles, ses élèves, qui furent elles-mêmes des peintres distingués.

Il n'est pas étonnant que, descendant d'une telle lignée, Étienne Parrocel ait écrit sur l'histoire de l'art. On lui doit : *La monographie des Parrocel. — L'art dans le Midi, des origines et du mouvement artistique et littéraire jusqu'au XIXe siècle. — Annales de peinture. — Histoire des peintres du Midi.* — Un ouvrage en quatre volumes intitulé : *L'art dans le Midi. — Monographie du palais de Longchamp;* des discours réunis en partie dans un volume intitulé *Discours et fragments...* etc.

Étienne Parrocel nous a envoyé, en 1871, un buste en marbre, trouvé dans sa cave, rue Saint-Ferréol, et en a fait don à notre Société, qui l'a accepté; il nous a aussi communiqué, en 1872, un lot de monnaies antiques contenant quelques pièces intéressantes.

Mais l'archéologie n'était, pour Parrocel, qu'un passe-temps; il s'attacha surtout à écrire les gloires artistiques de sa famille et de son pays; il sut, en le faisant, allier à une grande piété filiale et à un ardent patriotisme les qualités d'un historien sérieux et impartial.

Bélisaire Ledain fut un des membres les plus actifs de la Société des Antiquaires de l'Ouest; société qui compte déjà de longues années d'existence et a rendu les plus grands services à l'archéologie et à l'histoire de l'ouest de la France. Il en fut président en 1882, et, une seconde fois, en 1890. C'est entre ces deux présidences, le 19 mai 1886, qu'il devint correspondant de notre Société.

Tous ses travaux ont trait à son pays; on peut les diviser en trois classes : archéologie antique, du moyen âge, histoire.

L'archéologie antique est redevable à Bélisaire Ledain de plusieurs mémoires : *Découverte d'une statue romaine à Saint-Jacques de Montauban. — De l'origine et de la destination des camps romains dits Chateliers.*

Près de Bressuire, il fouilla deux tumulus et un dolmen auxquels on attribuait une haute antiquité; les résultats des fouilles furent inattendues : la conclusion de l'auteur est qu'il faut faire redescendre ces trois monuments jusqu'à l'époque carolingienne.

De patientes et pénibles explorations qu'il fit dans des caves de la ville de Poitiers, avec une commission désignée par la Société des Antiquaires de l'Ouest, eurent pour but la recherche des restes de l'enceinte gallo-romaine, la détermination de son tracé et enfin la solution de cette question : Poitiers a-t-il eu, outre son enceinte romaine, une enceinte visigothe? Les travaux furent pénibles; il fallut visiter plus de cent caves, dont quelques-unes avaient trois étages; faire des sondages; rechercher, sous la crasse et la moisissure séculaires des murs souterrains, les traces de l'antique appareil. En dehors des maisons, dans les jardins, on faisait des fouilles à jour ouvert. Tant de peines furent récompensées. Le tracé fut établi; on constata, ce qu'on soupçonnait bien déjà, que Poitiers n'avait jamais eu d'enceinte visigothe; enfin, comme les remparts de Poitiers, pareils à ceux des autres villes gallo-romaines, avaient été élevés à la hâte, avec des débris de monuments, on fit une abondante récolte d'inscriptions et de bas-reliefs. Bélisaire Ledain a consigné tous ces résultats dans un mémoire intitulé : *L'enceinte gallo-romaine de Poitiers, sa configuration, sa composition, son origine, sa destruction*, avec un atlas.

En 1884, Bélisaire Ledain publiait le *Catalogue des inscriptions du Musée lapidaire de la Société des Antiquaires de l'Ouest*, avec les textes.

L'archéologie du moyen âge lui doit un mémoire sur la *Découverte d'un autel portatif et de reliques de Saint-Rufin dans l'église de Moutiers* (Deux-Sèvres). La *Notice historique et archéologique sur l'abbaye de Saint-Jouin-de-Marnes* est l'étude consciencieuse et pleine d'intérêt d'une vénérable église du XIIe siècle, remarquable par le curieux appareil de ses murailles et la richesse de ses sculptures. Un autre mémoire décrit trois églises du Poitou antérieures au XIe siècle, celle de Châtillon-sur-Thouars, de Saint-Clémentin et de Voultegon.

Bélisaire Ledain a publié aussi des travaux relatifs à l'histoire poitevine. Des monographies substantielles, comme son *Histoire de Parthenay, de ses anciens seigneurs et de la Gâtine de Poitou*, parue en 1858 et complétée, en 1885, par la publication du Journal historique de Denis Généroux, notaire à Parthenay, 1567-1576, la *Notice géographique, historique et archéologique sur Bressuire*; la *Notice historique sur les seigneurs de Vernay*.

Certains mémoires historiques de notre confrère ont un intérêt plus général. Dans celui qui est intitulé : *Les origines de la commune de Poitiers*, l'auteur raconte un des plus intéressants épisodes du mariage de Louis VII et d'Éléonore ; par ce mariage, dû à l'habileté de sa politique, Suger venait de forger le premier anneau de la chaine qui devait rattacher le Poitou à l'unité française. Le mémoire sur l'*Histoire d'Alphonse, frère de saint Louis, et son administration du comté de Poitou* est sobre, clair, érudit, nourri de nombreuses pièces justificatives.

En tant qu'archéologue, Bélisaire Ledain fut aussi compétent pour l'antiquité que pour le moyen âge ; il sut aussi mettre à profit sa science archéologique pour s'élever plus haut et être, à ses heures, un véritable historien.

Le docteur Bougard, membre de la Société d'agriculture, des sciences et arts de Poligny et de plusieurs sociétés d'études médicales, appartenait à notre Compagnie depuis le 7 janvier 1880. Médecin consultant à Bourbonne-les-Bains, il rédigea sur ces eaux et leurs vertus des mémoires dans lesquels il fait toujours une part à l'histoire et à l'archéologie ; indépendamment de son attrait, le devoir professionnel l'y encourageait ; il comprenait que la haute antiquité des *Aquae Borvonis* était un des éléments de leur célébrité.

Il rechercha soigneusement tout ce qui avait été écrit sur Bourbonne-les-Bains, et, sous le titre de *Bibliotheca Borvonensis*, en dressa une bibliographie complète. En outre, il réimprima dans ce recueil des plaquettes rares et précieuses. Il y ajouta enfin une histoire des origines de Bourbonne-les-Bains, de ses seigneurs, avec des armoiries, des plans de la ville à diverses époques, des portraits, des vues de monuments et une planche d'héliogravures reproduisant les inscriptions gallo-romaines trouvées à Bourbonne-les-Bains.

C'est un bon répertoire, donnant à tous ceux qui voudraient faire quelqu'étude sur Bourbonne-les-Bains les premiers renseignements indispensables.

Alphonse - Louis - Marie Buhot de Kersers naquit à Bourges le 5 mai 1835. Il se destina d'abord à la magistrature, mais il donna sa démission en 1860, et Arcisse de Caumont le conquit à l'archéologie.

En 1867, il prit une part active à la fondation de la Société des Antiquaires du Centre, et fut un de ceux qui contribuèrent le plus à l'élever au rang très honoré qu'elle occupe aujourd'hui parmi les sociétés savantes. Il en fut secrétaire adjoint, puis secrétaire. En cette qualité il fit, de 1867 à 1881, dans les Mémoires de la Société, le compte rendu annuel des travaux avec un tact et une sûreté de jugement remarquables. Depuis le début de la Société jusqu'à sa mort il publia, dans le même recueil, un *Bulletin numismatique* dans lequel il expose, décrit et commente toutes les monnaies trouvées isolément ou en trésors dans le département pendant l'année.

En 1881, il devint président de la Société et fut toujours réélu les années suivantes

La plupart de ses travaux sont insérés dans les Mémoires de sa Société; il en publia aussi dans la *Revue archéologique* et dans le *Bulletin monumental;* enfin il envoya quelques communications à notre Société, qui l'avait élu correspondant le 5 juin 1872.

Ses travaux concernent : 1° les antiquités préhistoriques et gauloises : *Haches en bronze trouvées à Graçay* (Cher). — *Épées en bronze et mors de bride gaulois trouvés en Berry.* — *Les tumuli et les forteresses en terre.*

2° Les antiquités romaines : *Épigraphie du Cher* (1872) et supplément (1874). — *Stèles découvertes à Bourges.* —

Sculptures romaines découvertes à Bourges. — Monuments consacrés à Mars, etc.

3º L'archéologie du moyen âge : *Rapport sur le classement des monuments historiques du département du Cher. — Inscriptions murales de l'église de Plaimpied. — Fouilles à l'église de la Cantale. — Les chapelles absidales de la cathédrale de Bourges.*

Très variées et par les sujets qui y sont traités et par les époques auxquelles elles se rapportent, ces dissertations ont un trait commun : presque toutes, autant dire toutes, se rapportent au département du Cher. C'est que, pendant toute sa vie, Buhot de Kersers n'a préparé qu'une œuvre, dont les autres travaux ne sont, pour ainsi dire, que les fiches : *L'histoire et statistique monumentale du département du Cher.* Cet ouvrage, qui ne compte pas moins de sept volumes in-quarto, a été composé avec le plus patient et le plus persévérant labeur : commune par commune, l'auteur a visité lui-même tous les monuments dont il parle, les a dessinés de sa main, décrits *de visu*. C'est le plus riche répertoire qui existe pour l'histoire du Berry.

Deux fois, l'Académie des inscriptions et belles-lettres a couronné cette œuvre, qui, avec le développement de la Société des Antiquaires du Centre, résume toute la vie scientifique de l'homme laborieux, bon et honnête qu'était Buhot de Kersers.

Léon Gautier aimait à dire qu'il y a deux variétés d'archivistes paléographes : ceux qui ont un Lamartine dans un coin de leur bibliothèque et ceux qui n'en ont pas. Il est inutile d'ajouter que, aux seconds, Léon Gautier préférait les premiers. Comme Mgr Dehaisnes, dont nous parlions tout à l'heure, Henry Caffiaux eût été parmi les préférés. Autour de sa vingtième année, il fit des vers ; et, comme les bergers de Théocrite et de Virgile, comme Thyrsis ou Menalcas, il reçut, dans un concours, une coupe pour prix de ses chants.

Il faut dire que, en même temps qu'archiviste, Henry Caffiaux était humaniste et lettré. Né le 13 octobre 1818, il fit de sérieuses études au collège de Valenciennes. Il entra ensuite dans l'enseignement; professa à Aire-sur-la-Lys, à Chinon et à Cambrai, et enfin, en 1848, revint dans sa ville natale occuper la chaire de rhétorique du collège où il avait été élevé. C'est pendant cette période, en 1861, qu'il soutint, d'une façon très brillante, ses thèses de doctorat ès lettres.

Dans sa thèse latine, *De Hannonia Ludovico regnante*, il inaugure ses études d'histoire locale en exposant la situation du Hainaut sous Louis XIV. Sa thèse française, *De l'oraison funèbre dans la Grèce païenne*, eut un grand succès parmi les lettrés et les érudits, et aussi une seconde édition.

Poursuivant ses travaux dans l'ordre d'idées indiqué par sa thèse française, il publia, en 1861, la traduction du discours d'Hypéride en l'honneur des victimes de la guerre Lamiaque, récemment découverte sur un papyrus égyptien; en 1866, il donna une nouvelle recension du texte de cette œuvre et un examen critique de l'édition qu'en avait publiée Comparetti; en 1870, l'introduction de ce texte dans les éditions de la collection Teubner lui donna l'occasion d'y revenir une troisième fois. On lui doit encore la première traduction française de deux discours des rhéteurs Aristide et Choricius. Il collabora à la *Revue archéologique* et édita des textes dans la *Revue des études grecques*.

Henry Caffiaux avait été nommé, en 1858, administrateur de la bibliothèque de Valenciennes; quand, en 1864, une maladie du larynx le contraignit à abandonner l'enseignement, il fut nommé archiviste de la ville. Il avait déjà publié, d'après des documents manuscrits, plusieurs travaux historiques. Après avoir remis de l'ordre dans les archives, assuré leur préservation et les avoir rendues accessibles aux travailleurs, il s'attacha à montrer, par son propre exemple et en envoyant des communications aux différentes sociétés savantes de la région, le parti qu'on en peut tirer. C'est surtout aux livres de comptes qu'il emprunta la matière première de ses travaux. Voici les titres de quelques-uns d'entre eux : *Droit de représailles par abatis de maisons concédé à la ville de Valenciennes. — Abatis de maisons à Gommegnies, Crespin et Saint-Saulve en 1357-1362. — Dans un* mémoire intitulé : *Les frairies des cinq offices des feux*, Henry Caffiaux nous montre une compagnie de pompiers parfaitement organisée, fonctionnant à Valenciennes dès le xiiie siècle. Citons encore : *Commencement de la régence d'Aubert de Bavière*, 1357-1362. — *Le beffroi et la cloche des ouvriers en* 1358. — *La ville de Valenciennes et la charte de paix en* 1114.

Un des plus intéressants travaux historiques qu'ait faits Henry Caffiaux est son *Essai sur le régime économique, financier et industriel du Hainaut après son incorporation à la France*. Malgré le titre modeste d'*Essai*, l'ouvrage forme un gros volume de 500 pages. L'Académie des sciences de Lille lui décerna le prix Wicar, mais, par une curieuse inconséquence, refusa de l'imprimer dans ses recueils. Henry Caffiaux y démontre cette vérité aujourd'hui incontestée, qu'il faut, pour rechercher les causes de la Révolution française, remonter à l'administration de Louis XIV. Il paraît qu'il le fit sur un ton un peu vif, qui fut désapprouvé. Henry Caffiaux édita lui-même son livre avec la devise : *Labore decus et libertas*.

Notre Compagnie reçut de lui plusieurs communications intéressantes, ayant trait à des trouvailles d'antiquités, à des monuments de son pays, à des documents conservés dans ses archives.

Henry Caffiaux mourut à Valenciennes à l'âge de soixante-dix-neuf ans. Ses concitoyens le pleurèrent : ils aimaient leur historien et en étaient fiers; ils admiraient la fermeté et l'indépendance de son caractère.

A la place de M. Lecoy de la Marche, vous avez élu membre résidant M. Henri de la Tour, attaché au Cabinet des médailles.

M. Benndorf a remplacé M. Franks comme correspondant étranger honoraire.

Vous allez tout à l'heure pourvoir à la vacance du siège de membre honoraire de M. Edmond Le Blant, ce qui fera une place libre parmi les membres résidants.

Douze associés correspondants nationaux comblent, et au delà, les vides que la mort a faits dans nos rangs : ce sont

M. Jouin-Lambert, conseiller général à Pont-Authou, Eure ;
M. Dast de Boisville, secrétaire général de la Société des
Archives de la Gironde, à Bordeaux ; M. Édouard Beaudouin,
professeur à la Faculté de droit, à Grenoble ; le baron de
Bonnault, archiviste-paléographe, à Compiègne ; M. Mos-
nier, juge au tribunal civil, à Clermont-Ferrand ; M. Charles
Lucas, architecte, à Champigny-sur-Yonne ; le Dr Rouvier,
professeur à la Faculté de médecine de Beyrouth ; M. Arthur
Lemaire, à Saint-Jean-de-Luz ; M. Victor Chapot, docteur
en droit, à Grenoble ; M. Alexandre Vitalis, à Lodève ; le
Dr Capitan, à Paris ; M. Émile Pierre, à Houdelincourt,
Meuse.

Nous avons fait cette année la première expérience du
règlement imposant aux nouveaux élus l'obligation d'écrire
la notice sur leur prédécesseur. C'est un engagement d'honneur que prennent les candidats par le fait même qu'ils se
présentent à vos suffrages, c'est dire qu'aucun d'eux n'y
manquera. Tous les membres de la Compagnie auront ainsi,
dans nos publications, le souvenir qui leur est dû. MM. Noël
Valois, Eug. Lefèvre-Pontalis et Paul Girard nous ont lu
des notices excellentes sur MM. Eugène de Rozière, Louis
Courajod et Auguste Prost ; M. Henri de la Tour, plus
récemment élu, nous donnera bientôt celle de Lecoy de la
Marche.

Vous allez, dès ce mois-ci, vous trouver en face d'une
difficulté qui n'a pas été prévue par le nouveau règlement.
Quand un membre résidant est promu à l'honorariat, qui doit
faire la notice sur le membre honoraire décédé ? N'est-ce pas
le nouveau membre élu à la place du membre résidant ? Dans
un mois d'ici, le cas se présentera : vous ferez bien de sup-
pléer, avant cette échéance, au silence du règlement sur ce
point.

Nos travaux ont suivi leur cours régulier. Nous avons,
à l'étranger, des correspondants zélés qui nous tiennent au
courant des découvertes. En Orient, les R. P. Lagrange,
Séjourné et Germer-Durand. Le R. P. Delattre, M. Gauckler,
M. Toutain, le marquis Anselme de Puisaye, ne nous lais-
sent pas ignorer les découvertes de quelque importance qui

se font en Tunisie. Le hasard et les circonstances font que, tour à tour, les différents pays nous fournissent, une année ou l'autre, leur contingent de renseignements ; cette année, grâce à nos correspondants MM. Vernet, G. Paris, Eudes, L. de Laigue, le P. Vera, Marquet de Vasselot, grâce à une heureuse trouvaille de M. Michon sur les quais, nos publications apporteront une forte contribution à l'archéologie de l'Espagne.

Notre confrère le baron de Baye a, pour la troisième fois, reçu une mission archéologique en Russie. Il a exploré une partie de la Sibérie et le Caucase, notant les faits curieux et les traditions populaires, explorant le sous-sol ; il est revenu après avoir parcouru 18000 verstes en Russie, et a rapporté de nombreux objets qui s'ajouteront à ceux qu'il a déjà donnés aux Musées du Louvre, de Cluny, de Saint-Germain, au Musée Guimet et surtout au Muséum d'histoire naturelle.

Nous avons eu des communications et des mémoires variés, comme les connaissances des membres de notre Société. Il me semble cependant que nous pourrions encore plus mériter notre beau titre d'Antiquaires de France; nous avons le devoir et la mission spéciale d'étudier les antiquités de notre pays, d'encourager les travaux et les fouilles, d'en enregistrer les résultats. Nous avons, dans presque tous les départements, des correspondants dont beaucoup, même parmi les silencieux, nous aideraient peut-être volontiers. Ne devrions-nous pas leur demander de nous faire part des découvertes faites dans leur région, afin que notre *Bulletin* en conserve le souvenir? Si le fait rentre dans leurs études et est de leur compétence, ils peuvent nous envoyer soit directement, soit par l'intermédiaire d'un membre qui assiste aux séances, leur communication ; ils peuvent toujours, dans le cas contraire, nous adresser tout au moins une description, des photographies, des plans qui, selon l'époque à laquelle ils se réfèrent, seraient renvoyés à tel ou tel membre de notre Compagnie.

Il est juste de reconnaître que, parmi nos correspondants, il en est qui s'acquittent fidèlement de ce devoir; je voudrais, pour ainsi dire, les mettre à l'ordre du jour afin de les remercier au nom de notre Compagnie et d'encourager nos autres confrères à les imiter. M. C. Jullian, de Bordeaux, a deux mémoires sur les antiquités de la Gaule dans le volume en préparation ; M. J. Roman un mémoire sur le Briançonnais ; M. Giraud, correspondant à Lyon, un mémoire sur l'*Armerie des ducs de Lorraine*.

Parmi les correspondants qui nous ont fait des communications sur la France ou en ont envoyé les éléments, nous avons surtout à remercier MM. l'abbé Morillot, Alexandre Vitalis, Corot, Thiers, Émile Pierre, Naëf, G. Paris, l'abbé Hamard, Dr Carton, Vincent Durand, le P. C. de la Croix, Piette, Pons, Foudriguier, etc. Je ne parle pas ici des correspondants qui, habitant Paris, assistent aux séances.

Plusieurs fois aussi, des amateurs ou des archéologues n'appartenant pas à notre Société ont prêté à nos confrères des antiquités ou des renseignements avec autorisation de nous les communiquer, comme M. Montaut, député de Seine-et-Marne, MM. Porcherot, Lorimy et Protat, de la Côte-d'Or ; je me fais un devoir de les remercier en votre nom.

Je disais donc que nous pourrions davantage associer nos correspondants à nos travaux et que beaucoup ne demanderaient pas mieux. Je me laisse parfois aller à des rêves ambitieux pour notre Compagnie. Je me la figure dans l'avenir, — un avenir que nous ne verrons peut-être pas, mais qu'importe si nous travaillons à le préparer, — je me la figure riche et puissante. Par elle, les études archéologiques en France recevraient une vive impulsion ; elle récompenserait les bons travaux sur les antiquités nationales ; et, puisque le Pactole officiel s'est détourné et ne coule plus dans la vieille Gaule, puisqu'on peut avoir des missions archéologiques pour l'Asie, l'Afrique, l'Extrême-Orient et pas pour la France, notre Société donnerait aux jeunes archéologues des bourses de voyage pour travailler dans les Archives et les Musées français ; elle aiderait à la publication de catalogues et d'inventaires, elle subventionnerait des fouilles dans notre pays. Sans négliger pour cela les autres branches de l'érudition, son *Bulletin* contiendrait le répertoire de toutes les découvertes utiles à l'histoire et à l'archéologie nationales.

Mais rentrons dans la réalité.

Vous êtes intervenus pour la conservation de l'église Saint-Pierre de Montmartre, et, avec d'autres corps savants, avez contribué à la sauver de la pioche des démolisseurs. Dans votre prochain volume des Mémoires, vous trouverez une photographie de cet antique édifice, montrant des parties aujourd'hui disparues ou masquées, le texte et le plan du rapport sur les fouilles exécutées dans le sous-sol de l'église, par feu M. Lucas, architecte. C'est à son fils, notre confrère M. Ch. Lucas, que nous devons la communication de ces précieux documents.

Vous aviez délégué MM. Collignon et Delaborde pour assister au cinquantenaire de l'École française d'Athènes. Les circonstances politiques ont contraint à remettre ces fêtes à des temps plus heureux pour le pays qui nous donne l'hospitalité.

Parmi les événements peu importants, très peu importants de cette année, je mentionnerai une absence de votre Président, qui s'est prolongée au delà de ses prévisions. Si j'en parle, c'est pour m'en excuser, et aussi pour avoir l'occasion de remercier M. Germain Bapst, notre président de tout à l'heure, qui a bien voulu me remplacer avec son obligeance et sa bonne grâce habituelles, et qui m'a suppléé pour vous représenter et prendre la parole en votre nom aux funérailles d'Edmond Le Blant.

Le troisième fascicule du *Bulletin*, un peu en retard, est sur le point de paraître. Ce fascicule s'arrête à la page 320, ce qui, grâce à votre activité et à l'abondance de vos communications, vous promet un bulletin d'un tiers plus gros que ceux des années précédentes.

On vous a distribué, il y a peu de temps, un volume de mémoires. Le prochain s'imprime. Outre les mémoires que j'ai déjà mentionnés tout à l'heure, il comprend des travaux de MM. Samuel Berger, Vincent Durand, général de la Noë, et un mémoire que M. Edmond Le Blant, en nous donnant une de ses dernières pensées, avait chargé M. Prou de nous lire.

Votre Commission des impressions, vous le voyez, continue à mériter les éloges qu'on lui a prodigués les années précédentes.

Vous êtes entrés en possession du legs de notre confrère et bienfaiteur Auguste Prost, autorisé par décret du 21 mai 1897. Il a été remis à notre trésorier sous la forme d'un titre nominatif d'une rente de 2 890 francs, au nom de la Société, et portant le n° 460658 de la sixième série.

Les délais entre l'ouverture du testament et la délivrance du legs ont été aussi courts que possible. Nous le devons au zèle, à l'activité et à l'esprit pratique de notre cher trésorier M. Ch. Ravaisson-Mollien, qui voudra bien agréer l'expression de toute notre reconnaissance.

Je me croirais ingrat si j'oubliais de remercier aussi les héritiers d'Auguste Prost. Dès que furent connues les intentions du défunt, nos intérêts devinrent les leurs. Nous désirons tous qu'ici soit consignée, avec les noms de M. de la Vernette, l'exécuteur testamentaire, et de Mme Perrot, la vénérée sœur de notre confrère, l'expression de notre gratitude et de notre profond respect.

Votre Société, de son côté, n'a rien négligé pour se conformer aux désirs de son bienfaiteur. Vous avez nommé, pour diriger la publication des *Mettensia*, une Commission composée de MM. A. de Barthélemy, président, Collignon, Henry Omont et Adrien Blanchet.

Cette Commission a publié le premier fascicule du nouveau recueil. Il comprend :

Deux notices sur Aug. Prost, par MM. A. de Barthélemy et Eug. Lefèvre-Pontalis ;

L'extrait du testament qui nous concerne ;

Le programme des documents et travaux à publier, dressé par M. Prost ;

La bibliographie des œuvres d'Auguste Prost ;

Le catalogue des manuscrits, imprimés, estampes relatifs à l'histoire de Metz et de la Lorraine, légués à la Bibliothèque nationale par M. Aug. Prost, rédigé par M. Omont.

Votre Commission s'est aussi préoccupée d'assurer la publication du fascicule de 1898.

Elle a résolu de consacrer ce prochain fascicule au cartulaire de l'antique abbaye de Gorze, au diocèse de Metz. C'est un cartulaire formé au xii⁰ siècle et qui contient 215 pièces du vii⁰ au xii⁰ siècle, intéressant particulièrement l'histoire de Metz et du pays messin.

La publication de ce cartulaire avait été souhaitée par Aug. Prost, qui l'a mise au premier rang de la liste des desiderata qu'il nous a laissée.

Un ancien élève de l'École des chartes, M. Armand d'Herbomez, connu par des travaux historiques sur Tournai et le Tournaisis, a bien voulu promettre son concours à la Société pour la publication du Cartulaire. Le texte paraîtra en 1898. L'introduction et les tables formeront le volume de 1899.

Il me reste un devoir bien agréable à remplir, c'est celui d'adresser nos félicitations ou de les renouveler aux membres de la Société qui ont obtenu des distinctions bien méritées : M. E. Babelon a été élu membre de l'Académie des Inscriptions et Belles-Lettres ; M. Guiffrey et le marquis de Ripert-Monclar ont été promus officiers de la Légion d'honneur ; MM. Max-Werly, Finot, Weisse, Molinier et Chatel ont été créés chevaliers.

Enfin, après avoir remercié M. Prou, notre bibliothécaire archiviste, et notre secrétaire M. Bouchot, des *usus fraterni* qui n'ont jamais cessé d'intervenir entre nous pendant cette année, je voudrais m'acquitter d'un dernier devoir.

Je voudrais, eh bien ! oui, je voudrais dire quelques mots d'adieu à la sonnette. Elle fut pendant cette année, vous en avez été témoins, la compagne fidèle et dévouée du président. Elle a partagé toutes, presque toutes ses émotions, et souvent les a exprimées de sa voix claire et sonore. Elle a pris une part active à nos travaux, intervenant brusquement à travers les communications, couvrant sans peine la voix de celui qui avait la parole, plus difficilement, hélas ! les voix de ceux qui ne l'avaient pas.

Si, passant de l'archéologie à des travaux aujourd'hui à la mode et d'un goût tout moderne, je voulais écrire *la psychologie du président de la Société nationale des Antiquaires de France*, je serais, je crois, assez documenté pour analyser les causes mystiques de son union intime avec la sonnette. Les observateurs superficiels croient que le président veut faire la police de la salle et obtenir un vulgaire silence : il n'en est rien. Institué auditeur officiel des communications, il prend son devoir au sérieux, donc il écoute ; et, chose très rare dans ce bas monde, il ne tarde pas à trouver son devoir plein d'intérêt. Il comprend, en suivant une communication, que tel ou tel de nos confrères, s'il avait écouté, aurait, par ses observations, ajouté à ce qui a été dit sa part d'érudition, que nos séances y auraient gagné en vie et en animation, que nos publications en auraient profité. Il se rend compte de ce que les bavards, — les bavards dont il était hier, dont il sera peut-être demain, si grande est la faiblesse humaine, — il se rend compte de ce que les bavards perdent en n'écoutant pas. Pour lui, ce qu'il avait accepté comme un devoir est devenu un plaisir ; le confrère qui a demandé la parole est, plus encore que par le passé, son ami ; il le caresse du regard, l'encourage à être long. Il marque d'un caillou noir les jours où personne n'est inscrit au procès-verbal ; il cherche, il recrute des orateurs. Et alors sa charité, son universelle charité présidentielle, s'émeut : il conçoit l'ambition démesurée de recruter aussi des auditeurs ; il souffre d'éprouver seul, ou presque seul, des jouissances dont il détient malgré lui l'injuste monopole ; il voudrait voir la Compagnie, toute la Compagnie y participer ; et alors, dans son impuissance, ne pouvant mieux faire, il sonne, il sonne encore. Vous le voyez, Messieurs, c'est son cœur, c'est uniquement son bon cœur de président qui a poussé sa main vers la sonnette.

Et cependant des amis, des amis bien chers, m'ont accusé d'user trop de la sonnette. D'autres, il est vrai, m'ont félicité. Certains même, le croiriez-vous, m'ont fait le reproche amical de la trop ménager. Ce qui prouve, encore une fois, cette vérité très banale qu'il est bien difficile de toujours contenter tout le monde.

Quant à votre président, Messieurs, votre ancien président, il se retire content de tout et de tous. Pendant cette année, il n'a recueilli que de cordiales poignées de mains; il s'est senti soutenu par une constante bonne volonté, par une réciproque sympathie; c'est avec un sentiment de profonde reconnaissance qu'il rentre dans vos rangs.

Nogent-le-Rotrou, imprimerie DAUPELEY-GOUVERNEUR.

www.ingramcontent.com/pod-product-compliance
Lightning Source LLC
Chambersburg PA
CBHW061604180626
46818CB00005B/1950